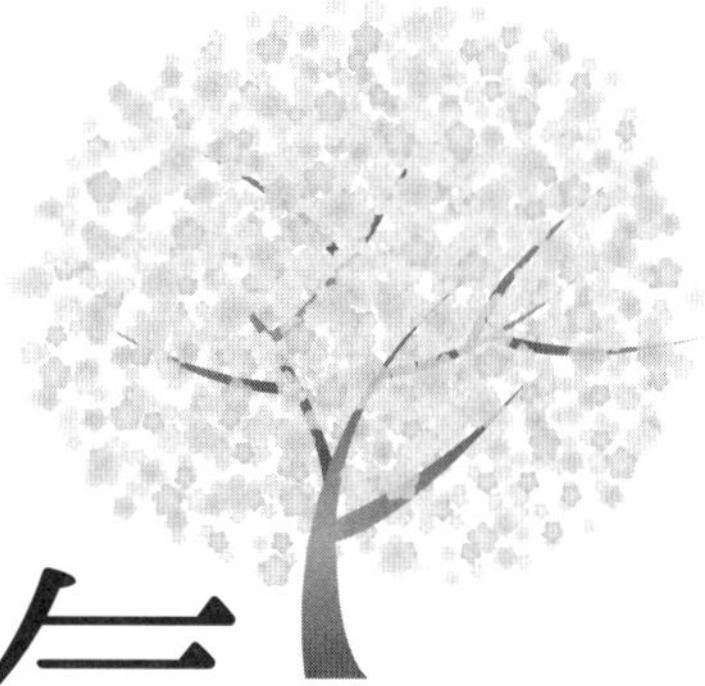

本気の本気で、初恋です

のぼりぐち ケイ

NOBORIGUCHI Kei

文芸社

目次

あの時、どうして、ちゃんと話を、しなかったのだろう。
あの時、どうして、ちゃんと「さよなら」を言わなかったのだろう。
何も話せなかったことの後悔が残る。もし願いが叶うのなら、
出会った時の小学五年、六年、中学一年までの三年間に戻りたい。

与田君

小学五年生の春、始業式で学年ごとに並んでいる横に、転入生だけが並ぶ列の一番後ろに与田《よだ》君はいた。熊本県から引っ越してきた。同じクラスになった。

担任の先生は、音楽担当の小太りでいやらしい先生だ。坂出一美《さかでかずみ》はよく授業が終わった後も、一人残されて、国語や算数のドリルをさせられていた。その日もクラスのみんなが帰った後の教室に一人いた。クラス全員が帰った教室は広く、背中がひんやりと怖かった。算数の問題を順番に解いていると、前のドアから先生が入って来た。背広は着ていなかったので、胸の乳首が透けて見えていた。白いワイシャツの下は何も着ていないのだろう、うっすらと汗をかいた肌に張り付いていた。

ドリルのやり直しが終わると、先生は一美に体操をさせた。スカートをはいているのに、床に寝かせて、脚を高く持ち上げ、大股開きをさせられ、パンツ丸見えで、大切な所が、パンツの布一枚で危険にさらされている状態。汗をかいている体で、抱きつかれたりもしたけれど、それがいやらしいことだとは、わからなかった。先生の言うことは聞くものだと思っていたから。

多分、クラスで一美だけだったのだろう。あまりペラペラと、しゃべり上手ではなかったから誰にも言わなかった。なので親は自分の娘が、そんなことをされているとは考えてもいなかっただろう。一美が、母親にでも話していたら、どうなっていたのだろうか。放課後残されて、ドリルをさせられている人がいるなんて、誰も知らないと思う。


与田君は頭がとても良く、クラスにもすぐに溶け込んだ。頭が良い人には、頭が良い人が集まってくる。友達を作る魔法を、知っているようだ。クラスの男子からは、ニックネームで「マックス」と呼ばれていた。

そう、背が高い。並ぶ順番も一番後ろで余裕の表情をしている。スポーツも上手い。学年のドッジボール大会でもキビキビした動きで、ボールを体全体で受け止めたり、高く投げられたボールを、指先だけでひょいと取ったり、逃げる姿も絵になった。

球技が好きだったようで、ミニバスケットクラブに入っていた。クラスの男子の橋辺《はしべ》君、池ノ上《いけのうえ》君、田川《たがわ》君も同じクラブに入っていて、与田君と仲良しだった。でも一番の仲良しは、そば屋の息子で、背が低い浜《はま》君だ。二人の身長差は、三十センチくらいあったにちがいない。でこぼこだったけど、かわいかった。いつも一緒に遊んだり勉強したり、ふざけて笑いあったり、自習の時間は真面目にノートをとったり、絵を描いたりしていた。

二人は、うさぎ小屋の飼育係で、ほうきやチリトリで、チャンバラごっこをしたり、給食室からキャベツやにんじんの切れ端をもらって、うさぎをやさしく抱っこして食べさせたり、掃除したりと、楽しそうだった。裏門の横のうさぎ小屋とは反対側に桜の木が一本あって、一美はその木の枝振りが、とても好きだった。桜が満開に咲くと、辺りが白く明るくなり、ランドセルを背負ったまま、いつも下から眺めていた。

与田君は顔もカッコイイ。そのころ流行っていたテレビドラマの刑事役の俳優に似ている。一美は、毎週欠かさず見ていた。

与田君とその俳優を知っている人は、何とも思わないのだろうか。それとも一美の見方がおかしいのか、わからない。

そのドラマを見ている時は、母の言いつけも聞かない。お風呂も宿題も後回しで、瞬きもできないほど、釘づけになっていた。

与田君が下を向いて、くっくっくっと肩を揺らして笑う姿がカッコイイ。今で言うイケメンだ。背も高い。頭も良い。イケメンでスポーツマン。その男子が同じクラスにいる。もう最高！

友達と話しているところ、笑っているところ、授業中の発表、給食の時間、お昼休み、朝の会や帰りの会、その時々の与田君を、一美は気がつけば目で追っていた。いつのまにか一美の意識する気になる人は、背が高く、頭が良い、与田君となった。いつも見ていたが、目が合うことはなかった。与田君の中に、一美の存在はなかった。

赤いセーター

その日も与田君は、朝礼が始まるギリギリに教室に入ってきた。与田君は、学校のすぐ隣にある、お父さんの会社の社宅に住んでいた。近いのでいつもギリギリに登校していた。どうしていつもギリギリなのか、ギリギリまで寝ているのか、朝ごはんを食べるのが遅いのか、朝勉強しているのか、わからない。そのいつもギリギリに登校する与田君に友達は、ただ「あー、来た来た」と言うだけで、理由を聞こうとはしないで笑顔で迎えた。与田君は、廊下側から二列目の後ろの席に腰を下ろした。与田君の席だ。

隣の列の前から三番目の席の橋辺君が、教室に入ってきた与田君を見て言った。

「マックスのセーター、カッコイイちゃねー。赤カッコイイねー」

橋辺君が少し大きな声で言ったので、一番前の席の一美は、振り向いて与田君に目を向けた。

赤いセーターだった。襟の形は丸で、袖口と裾にリブ編みがほどよい長さで付いていて、左胸にローマ字が刺繍してあるように見えた。名札で半分くらい隠れていたから、なんと刺繍してあるのかは、わからなかった。一美は与田君の姿に動くことができなかった。似合っていた。まるで時間が止まったように、目が離せず放心状態になっていた。

シャーという音がしてドアが開き、先生が教室に入って来て、出席簿で教卓を〝トン〟と鳴らした。その音で一美は我に返った。そして心と胸と頭の中の奥深い所で、「よしっ」と言った。

一美の母親は洋裁や編み物が得意なので、与田君と同じ赤いセーターを編んで欲しいと母に頼むつもりで「よしっ」と言ったのだった。母は、寒くなるので一美のセーターを編もうかと言っていたような気がする。左胸の刺繍はどうしようか。与田君の赤いセーターの左胸を、目をつぶって考えても、何ひとつ思い出せないというか名札で全然見えなかった。早くしないと冬が終わってしまう。今日帰ったら母に言おうと思った。

刺繍のことは、セーターが出来上がるまでの一美の課題となった。母がパートから帰ってくるのを待って、勇気を出して、赤いセーターのことを話した。与田君のことは言わなかった。

母は夕食の準備をしながら聞いて、毛糸を買いに行く約束をした。

しばらく日をおいて、一美は母と一緒に毛糸を買いに、隣町まで電車で行った。電車が川を渡る時、ガッタンガタンと大きな音がした。窓から外を見ると、河辺には釣りをしている人が何人かいた。

一駅なのですぐに着いた。電車を降りて十分ほど歩いた裏通りに手芸屋さんはあった。店の中には色とりどりの毛糸が整列していた。母は毛糸の他に、布や小物を別の所で見ていた。一美は、与田君の赤はどんな赤色だったたか、顔をゆがめながら思い出していた。セーターが完成した風景を想像していた。母は布を欲しい分だけ切ってもらい、一美がいる毛糸売り場に来た。

少し暗い赤や薄い色の赤を手に取って、一美の顔に当て、似合い具合を見てくれていたが、一美はどの色もはっきりと返事をしないから、母は「この赤でよかよね」と念を押した。一美は、ちょっと悩んだが「うん」と頭を上下に振った。他の買い物を済ませ、帰りはバスで帰った。毛糸が入った袋は、一美が大事に両手で抱えた。

母は慣れたもので、一美の寸法を手際良く計算して機械にセットした。そう、毛糸編みができる機械が家にあるのだ。母の趣味道具の中の一つで、ひと針ひと針編まなくても、左右に移動させれば、規則正しく編める、賢い道具。これは、うかうかできない。課題の刺繍を考えなければならない。困った。

五日間ほどで形になり、脇を閉じて糸の始末をすれば、完成する。母は、わかっていたかのようにグレーの色の毛糸で、一美のイニシャルの「K・S」を左胸に大きく刺繍してくれた。色も意外といい感じで、かわいかった。考えなくてもよかった。「ありがとう」と母に言って、上目使いの一美は、にっこり笑った。

与田君の名札の付け方と同じになるよう、ローマ字の端が半分見えるくらいに、名札を付ける予定だ。次の週の月曜日に着て行こうと決めている、うん。与田君も赤いセーターを着ていたらどうしよう。一美は顔には出さないが、心の内側で、ヨダレを止められないほど喜んだ。

月曜日の朝、いつもはなかなか布団から出られず、ぐずぐずしているが、今日は母が起こしに来る前に目が覚め、布団をたたみ、うれしいくせに普通に朝ご飯を食べ、歯磨きを済ませた。鏡で見る顔は昨日とはちがって見えた。

赤いセーターを着て学校に行く道中は、軽く足早になっていた。

胸が高鳴ったまま、教室に入った。誰も何も言わず、遅く来た与田君は赤いセーターを着ていなかった。

バレンタインデー

一美は同じクラスの、お姉さんタイプの谷川《たにがわ》さん、外畑《とばた》さん、堀足《ほりあし》さんとも良く遊んだ。外畑さん、堀足さんは、本当に学年もひとつ上じゃないかと思うくらい大人っぽかった。堀足さんはとても美人で、男子に人気があったが、中学生のお兄さんがいて、美人の妹を気にして守っていたから、男子もそう簡単には近づくことはできなかった。外畑さんは、ちょっとぽっちゃりの一つ年下の妹といつも一緒にいたから、遊ぶ時はもれなく妹が付いてきた。でも邪魔じゃなかった。お利口さんだったから仲良く遊んだ。

学年がひとつ上がって六年生になり、夏も過ぎ、辺りは心地よい風が吹く時期に、隣のクラスに転入生がやって来た。三藤彰《みとうあきら》君だ。三藤君も背が高く、勉強もスポーツもできる。与田君とはちがった男前で、甘い感じで、少女漫画に出てくるように前髪が長くて、頭をさりげなく横に振っての流し眼だ。女子の目は一瞬でハートになる。

谷川さんが、三藤君を見に行くと言ったので、一美も後ろから付いていった。三藤君の周りには女子や男子が集まり、質問攻撃にあっていた。谷川さんも聞きたいことがあったが、クラスが別だから、そう気安く聞けない。でも谷川さんは、隣のクラスの女子から、いろいろ聞き出していた。

三藤君は、理科の時間が好きで、実験が特に好きらしい。唐揚げとカレーライスが大好きで、飼っている犬の世話が趣味。谷川さんも犬が好きなので、飼って世話して、「一緒に散歩に行きたいー」と言っていた。そう言えば与田君も、理科の実験が好きだと池ノ上君達と話していたのを、一美は思い出していた。

女子達は、好きな男子や芸能人、かわいいメモ帳やシールについて、昼休みに集まって黄色い声で話している。好きな男子とクリスマスにプレゼント交換をすることや、チョコレートを渡して告白するバレンタインデーのこと。どうしたら目立って男子にモテるのか、勉強より大切だった。

そこで谷川さんは、年明けの二月十四日バレンタインデーに三藤君にチョコレートを渡して、告白することになった。

十二月、冬休みに入る前の終業式の日は、とても寒くて雪が降っていた。来年のバレンタインデーの計画を立てるために、谷川さん、外畑さん、堀足さんと一美の四人と、外畑さんの妹もいたから、五人で作戦を考えることにした。一度家に帰り、昼ご飯を済ませて、それぞれおやつを持ち寄り、外畑さんの家の二段ベッドの上に集まった。作戦といっても、たいしたことではなかった。三藤君役を堀足さんがして、谷川さんと向き合って座った。座り場所を移動する時、五人も乗ったベッドがギシギシと苦しい音を鳴らした。

堀足さんは、三藤君の髪の毛を真似して、ヘアピンで留めていた前髪を顔にかぶせ、頭を横に振ってみせた。その仕草がよく似ていたので、みんなで笑った。こんなことを言って、あんなことを言って、と自分達の都合がいいように想像した。

冬休みも終わり、また代わり映えのしない日々が始まる。でも、今回は今までにない楽しみがあった。谷川さんの「ザ・バレンタインデー計画」だ。

薄暗い灰色の一月はあっという間に過ぎた。そして、とうとう二月十四日。授業と帰りの会の後、谷川さん、外畑さん、外畑さんの妹と、一美の四人で三藤君の家に行った。堀足さんは来なかった。

一美と谷川さんは、一度三藤君が学校から家まで帰るところを、後を付けていったことがあるので、家は確認済み。最寄り駅の近くの路地を入ったところに三藤君の家はある。グレーに近いピンク色の、大人の背丈ほどの塀で囲んである。コンクリートづくりの大きな四角い家で、塀の真ん中に鉄の門があった。塀の上から、大きな木の葉が揺れていた。一美は、三角で屋根に瓦がある家しか知らなかったから、そんな家はお金持ちの家だと思った。三藤君が学校から帰っているか心配だった。

谷川さんは何度も唾を飲み込み、緊張で指が震えていた。目を瞑《つむ》ったまま、インターホンのボタンを押した。

少し間があり、

「はい。どなた？」

大人の声がした。

「あ、あきらくん、おねがいします」

震える声で言った。

小さなスピーカーから、ザァーザァーと聞こえた。

「お待ちください」

カチャッと音がし、大人の声はそう言って、インターホンのスイッチを切った。門の隙間から中庭が見え、芝生の真ん中くらいに陶器の置物が立っていた。お手伝いさんらしき人に続いて三藤君は家から出てきた。帰ってきていた。鉄の門を少しだけ開けて、三藤君は顔を出した。谷川さんの頬は固まり、口は開いたまま、持ってきた、かわいい紙に包んだチョコレートを差し出した。三藤君は無言で受け取

郵便はがき

料金受取人払郵便

新宿局承認

2524

差出有効期間
2025年3月
31日まで
（切手不要）

1 6 0-8 7 9 1

141

東京都新宿区新宿1－10－1

（株）文芸社

愛読者カード係 行

お名前《ふりがな》		明治 大正 昭和 平成	年生	歳
ご住所《ふりがな》	□□□-□□□□		性別	男・女
お電話番号	（書籍ご注文の際に必要です）	ご職業		
E-mail				

ご購読雑誌（複数可）	ご購読新聞 新聞

最近読んでおもしろかった本や今後、とりあげてほしいテーマをお教えください。

ご自分の研究成果や経験、お考え等を出版してみたいというお気持ちはありますか。

ある　ない　内容・テーマ（　　　　）

現在完成した作品をお持ちですか。

ある　ない　ジャンル・原稿量（　　　　）

名					
買上 店	都道 府県	市区 郡	書店名		書店
			ご購入日	年　　月　　日	

書をどこでお知りになりましたか?

1.書店店頭　2.知人にすすめられて　3.インターネット(サイト名　　　　　　)

4.DMハガキ　5.広告、記事を見て(新聞、雑誌名　　　　　　)

の質問に関連して、ご購入の決め手となったのは?

1.タイトル　2.著者　3.内容　4.カバーデザイン　5.帯

その他ご自由にお書きください。

(　　　　　　)

書についてのご意見、ご感想をお聞かせください。

内容について

)カバー、タイトル、帯について

弊社Webサイトからもご意見、ご感想をお寄せいただけます。

協力ありがとうございました。

お寄せいただいたご意見、ご感想は新聞広告等で匿名にて使わせていただくことがあります。

お客様の個人情報は、小社からの連絡のみに使用します。社外に提供することは一切ありません。

■書籍のご注文は、お近くの書店または、ブックサービス(0120-29-9625)、セブンネットショッピング(http://7net.omni7.jp/)にお申し込み下さい。

り、頭を下げた。

チョコレートを手作りしたのかは聞いていないけれど、オレンジと赤のリボンが付いていた。外畑さんと、外畑さんの妹と一美は、塀の角に隠れて二人を見ていた。

一美は、与田君のことを気にしているのは、誰にも言っていなかった。その気持ちが、なんなのかわからなかったから、言葉にも態度にも出せず、胸の奥に閉じ込めたままになっていた。もちろん、チョコレートを渡すことなど考えてもいなかった。

与田君は、誰かに貰ったりしたのかな。それとも、そんなもの興味ないのかな。谷川さん、外畑さん、外畑さんの妹と四人で帰る途中、一美は、与田君のことで頭がいっぱいになり、谷川さんと外畑さんの話がまったく耳に入ってこなかった。

一年八組

小学生の五年、六年の二年間が過ぎ、卒業式も終わって、中学生になった。私服ではなく制服になり、大人の気持ちになった。毎日着る物に悩まなくていい。不安も何もなく、近所のお寺に母と甘茶を飲みに行った。

クラス分けが体育館に張り出され、一美はふっと笑った。環境は整ったように思えた。与田君とまた超絶ストーリーが始まる。

与田君と仲良しだった橋辺君、池ノ上君、田川君は別のクラスになり、一番の友達である浜君も別になった。一美は勝利を勝ち取ったのだ。

担任は新任の女の先生で英語担当。一美達が人生初の受け持ちクラスになった。男子達は若い女の先生を舐めていた。先生の話をまったく聞く様子もなく、先生は、いつも大きな声を張り上げて話した。時折、教室の横の廊下で泣いていた時もあったが、男子達は容赦なく騒ぎ、からかった。そんな先生も話を聞いて欲しいから、秘策を考えたらしい。一人住まいのアパートに招待してお茶やお菓子を食べながらの「本音を話そう会・自由参加」を企画した。次の日曜日だった。

先生のアパートに昼ごろ、男子五人、女子も五人くらいだったか集まった。その中に与田君もいた。大勢の集まりはちょっと苦手な一美だが、楽しそうだったので参加した。

先生は、ポテトチップや、チョコレート、手作りサンドウィッチ、ジュース、おにぎり、駄菓子を準備していた。

クラスでも特にお調子者の男子達が揃い、不安はあったが、最初はおとなしく、お菓子を食べたりしていた。が、慣れてきたのか、やはり〝活動〟を開始した。家の中は泥棒にでも入られたように、引き出しは開けられ、中の下着や洋服が散乱した。本音を話すことも、仲良く遊ぶこともなく、女子は止めることもできず、男子達のお祭になり、作戦は失敗に終わった。

それからしばらく、先生は元気がなく、男子達も今一乗らないふうで曇りの毎日だった。あれから授業中は静かな日が続いた。男子達は反省したのか、徐々にクラスがまとまっていったように思えた。

一美は相変わらず、人前で話すことや発表することもダメで、国語の教科書をクラスの中で読むことになっても、スラスラ読めない。つまずきながら、何とか読んでいる。聞いている方は、ちゃんと内容をわかってくれているのかわからないが、一美は、たった一ページでも十ページくらい読んでいる感じがした。与田君も一美の読み方を聞いているのかと思うと、情けない気持ちでいっぱいになる。頼むから、「恥をかかせないでくれー」と声を張り上げたかった。先生は、意地悪をしているとしか思えない。先生の名前は忘れてしまったけれど、年配の嫌な先生だった。

交換日記

二学期も中盤になり、一美も落ち着いて物事を冷静に考えられるようになっていた。

与田君の姿を探す毎日。「話したい」と思ったことはないけれど、小学生の時からずっと同じクラスだってこと、わかっているのかな。一美は頭の中で、いろんなことを想像し、遠回りをして田んぼ道を一人下校した。

昼休み、後ろの席の高見紗奈《たかみさな》は、少女マンガの主人公の絵を画用紙に描いていた。一美は、体を後ろに向けてそれを見ていた。少女マンガの恋愛話をしばらくした後、高見紗奈は絵を描きながら、下を向いたまま言った。

「交換日記すればいいっちゃない？　好いとうちゃろ？　与田のこと」

女子同士の中で、交換日記が流行っていた。

「えっ……」

一美は言葉が出なかった。何かが体に刺さったように、心臓が激しく鳴った。

「いっつも見よろ？　与田を。知っとうよ」

頭を上げて高見紗奈は言った。その顔は、くちびるを半分ゆがめて、ニヤッと笑っていた。一美は「好き」の言葉を、気づかないふりをしていた。

ああそうなんだ、わかるんだ、「好き」の表れなんだと、改めて認めた。

それから、世話好きの高見紗奈は、一美の意見もあやふやに聞いて、自分の思う通りに交換日記の話を進めていった。

与田君の周りには、いつも友達がいたが、そんなことお構いなしに高見紗奈は与田君と話している。与田君の肩や背中をつついたり、時には笑いあったり、なんだかとっても楽しそうで、一美は初めて良いな、おしゃべりしたいなと、体の内側から何か込み上げてくるものを覚えた。

その日の帰り際に、

「与田ね、交換日記してもいいよって」

と、一美が教室を出ようとした時、高見紗奈が追い越し、振り向いて言った。

なんと、なんと、与田君は「うん」と承知した。

「良かったね。進展ありやね」

高見紗奈は、自分が取り持ったことに満足している。こんな急にと戸惑ったが、高見紗奈に任せることにした。恥ずかしくて、なかなか与田君を見ることができないでいる。

休日、一美は高見紗奈と交換日記用のノートを買いに行く約束をした。駅の伝言板の前で待ち合わせをして、雑貨店に出かけた。その店は商店街を抜けて、細い路地の先にあり、レンガの門は、つたの葉で覆われている。絵本にでも出てくるような、かわいらしい店だ。おこづかいの範囲内で買わないといけないので、金額が高い物は買えない。三百円くらいのにしよう。種類が沢山あり、目移りして困ったが、一美の中で一番ワクワク、キラキラしているノートを選んだ。もう、その時点で、文章を書いたページが頭の中で出来上がっていた。

高見紗奈とも別れて、一美は駅の横にあるパン屋で、母に頼まれていた食パンを買って帰った。

その日の夕食後、一美は、居間のタンスの横に置いてある自分の机の電気を付けた。明日の準備と、買ったばかりの交換日記を開いた。

好きな食べ物、好きな色、好きな音楽、好きな歌手、好きな教科、ほとんど質問攻めで、思い浮かぶことをカラーペンやシールを貼ってかわいく仕上げた。

翌朝、カバンの中に交換日記を入れたのを確認して登校した。ちゃんと話したこともないのに、交換日記を渡せる訳がないので、再び高見紗奈の登場だ。

一美は、「与田君が一人の時に渡してよ」って頼んだのに、男子とわいわい騒いでいる時に、「ちょっと」と言って渡した。友達は、寄ってくるよね。

与田君は男子達と交換日記を見て、面白がっていた……らしい。

そのことを知って、一美は暗い悲しい気持ちになり、女子トイレでふて腐れていた。鏡に映る、ぶーと口を尖らせた自分の顔は、なんと不細工だろう。

男子は面白がって見るよね。目立たない、勉強もできない女子を相手にすること自体おかしいよね。付き合ってもいないのに、交換日記しないよね。そう心に言い聞かせ、なんか、吹っ切れたような、冷めたような、何かを忘れて来たような、冷たい氷になった。距離が近くなったはずなのに、他の誰よりも遠く感じた。

どれくらい交換したのか、二冊目に突入することもなく、一冊目も半分くらい真っ白のまま、自然消滅で終わった。あの時の交換日記、何処にあるんだろう。

引っ越し

年も明け、三学期が始まり、何もなかったように、与田君も一美も教室にいた。

寒い日で雪がふわふわと、外を舞っていた。教室の中は暖房はないが、皆の活気で、丁度いいぬるさを感じた。

授業の合間の休み時間に、教室の横の廊下で男子達が集まり、何か話している。

一美は自分の机で、ぼーっと外を見ていた。

よく聞こえないが、池ノ上君の言葉が、かすかに聞こえた。東京に飛行機で行く、トラックで行くとか話している。橋辺君や田川君が、隣のクラスからやって来て、与田君の肩を軽く叩いたり、頭をくしゃくしゃにしたりしていたので、なんとなくわかった気がする。転勤族のお父さんの仕事の都合で、また引っ越しの話が出ているのかもしれない。

二月の終わりごろ、先生から、その話を聞かされた。

与田君への想いは半分になっていたが、また満杯になり、不安に襲われた。

何かしないと、何かしないと、何かしないと、何か行動に起こさないと、胸の中が中途半端のまま終わってしまう。でも、交換日記のことがあるから、先に進めない。どうしよう、どうしよう、どうしよう……話してみようと思うけれど、体は動かないし、言葉が出てこない。

一美は寝る前に、話したい内容を書き出すことにした。

「好きな食べ物は何ですか？」

「好きなテレビ番組は何ですか？」

「好きな言葉は何ですか？」

そんなことしか出てこない。そんなこと、今更どうでも良い。

今、一番伝えたいこと話したいことは、交換日記に付き合ってくれたお礼と、新しい住所を教えて欲しいこと、手紙を書きたいこと、一番大切な「好き」と言うことではないだろうか。

一日が二十四時間ではなく、半分の十二時間のように、早く日々は過ぎていった。

三月になってもまだ風は冷たく、桜のつぼみは膨らんでいたが、厚手の上着を羽織っておかないと風邪を引きそうだ。クラスは相変わらず、ががやがやと騒がしい。

今日で三学期も終わり、また新しい未来がやってくる。

一美は行動に移すことが、できなかった。終業式に並ぶ列の中に、与田君はいなかった。

十五年後

駅の切符売り場に、詰襟の学生服を着て、手には新聞紙で包んだ大きな花束を持っている。花は赤い薔薇。顔がその花束で見えなくて、顔の辺りだけ霧がかかっている。顔はハッキリ見えないけれど、その懐かしい感覚は与田君だ。与田君とわかる。

……一瞬の夢。

時計を見ると、四時四分。

与田君と離れて、十五年は経っていると思う。その間、忘れていた訳ではないけれど、夢に出てきたことはなかった。暗くて、周りの生活感のある空間が見えない中、与田君の映像に一美の全身が覆われているようで、恋しくなった。

与田君への想いが甦ってしまった。この夢を忘れないため、覚えておくことを心に決め、もう一度眠りに落ちた。朝、目が覚め、普段通りの一日を迎えた。

夢のことは、しっかり覚えているけれど、深夜のあの切ない気持ちは、何処かに行ってしまい、ただ与田君だったなって、そんな感じで残っている。

一美の覚えている最後の与田君は中学生で、あの夢の与田君は、大人なのだろうか。服装は制服で、花束持っているし……。今、何処にいるのかな？　東京にいるのかな？　一美は身支度を済ませて、仕事に出かけた。

与田君の夢は、いつまでも覚えていた。仕事の合間や休日、一人思い出している。一美は夢を見て以来、与田君のことが気になってしようがなかった。でも何をして良いかわからない。与田君とどうなりたいのか、全く思いつかない。

日々の生活の中で、辛いことや悲しいことがあるたびに、与田君に逢いたいと強く想っても、なかなか夢を見せてくれない。そのくせ何でもない、代わり映えのない日に、突然夢に出てくることがある。それは前回見た内容と同じで、学生服に花束。一美の頭の中には、与田君の数少ない映像だけが現れ、しかも、どうして薔薇の花束なのか、謎だった。

一度は、薔薇の花束を貰ってみたい願望があるからかなと考えた。与田君と願望をくっ付けてしまったことにして、次回はいつ出てくるのか、与田君と過ごした三年間を思い出していた。

一美は、与田君を心の内側の一番奥に仕舞った。

一度の電話

夏の日差しが眩しい午後、一美は仕事もなく、家で飼い猫と過ごしていた。明日も休みを取って連休にしていた。別に用事もなかったが、有給休暇がたまっていたので、毎月取るように会社から言われていた。レンタルビデオを借りて観ていた。昼間から贅沢だなと思いながら、軽めのビールを飲んでいた時、実家の母から電話がきた。

「一美？ 今日は休みね？ 与田って人、知っとうね？ さっきあんたに電話があったよ。男の人やったよ。連絡先聞きんしゃったけん、あんたの電話番号教えとったよ。よかろ？」

そんな内容の話を、長々と一方的にしゃべって、母は電話を切った。一美は、レンタルビデオを一時停止したまま話を聞いていた。

え？　与田？　……与田？

与田という男の人は、一美の周りにはおらず、この前結婚して姓が与田になった人がいるが、女性だし……。

頭の中で知り合いの顔と名前が混ざり合って、渦になっていた。

……………………与田君？　あの与田君？

そう、一美が知っている与田はあの与田君しかいない。すぐに母に確認の電話をしようと思ったが、頭がふわっと、雲の上にいるような感じだ。軽いビールのせいか、与田君のせいか。ビデオの一時停止を戻し、オフにして、母に電話をした。

ベランダから見える遠い山が黄色に染まった。

与田君と共に過ぎた三年間を思い出していた。

与田君に間違いなかった。

小学校の卒業アルバムに連絡先が記載してあるから、わかったらしい。

どうして、電話をくれたのか、何で？　何で？　あれから何年も経っているのに、どんな気持ちで電話をくれたのか……何で？　一美は、考えれば考えるほど、さっぱりわからなかった。与田君が連絡先を聞いて、母が教えたということは、電話が私の家にかかってくるということよね。一美は仕事以外の外出はなるべく避け、電話を待つことにした。

一週間くらいは気にして電話を待っていたが、いくら待ってもかかってこなかったので、だんだんその気持ちも薄れて、買い物に行ったり、散歩したり、家を空けたりしていた。

仕事が長引き帰りが夜八時を過ぎ、近所のスーパーでお惣菜を買い、ドアにカギを差し込んだ瞬間、電話が鳴った。あわててカギを開け、持っていた荷物を玄関に置いたまま部屋に入ったが、「リーンリーンリーンリーンリーンリーン」と六回ほど鳴って切れた。

間に合わなかった。

その時、与田君かもしれない、と頭を過《よ》ぎった。

最近、新人社員が入って来て、研修の手伝いや雑用で仕事が忙しく、電話のこともすっかり忘れていた。

部屋着に着替え、買い物の袋からお惣菜の夜ご飯を出し、テレビをつけた。食べながら考えた。

多分、与田君は電話をしたが、夜も遅いから今日はやめておこうと、受話器を置いたんじゃないか。その呼び出し音が与田君とは限らないのに、都合が良いように解釈した。

よく晴れた日曜日、一美は母と買い物に行く約束をしていたので、洗濯物と掃除を手際よく済ませ、一息ついたその時、電話が鳴った。一美は相手が母と思い、受話器を取りいきなり「ちょっと、待っとって」そう言った。

「あっ、坂出？」

男の声だった。

「……」

「あっ僕、与田です。突然すみません」

一美は相手が母のつもりでいたので、心の準備ができていなかった。どうしよう。

何て言ったらいいのか。でも一応大人になっているし……。

「あっ、あっ……さかでです。よっ、よっ、よだくんですか？」

体中の水分がなくなっていく感じがした。

与田君の電話の話を母に聞いてから、一ヶ月は経っていた。油断していた。初めて与田君と話すことになる。与田君はやさしく、普通に話してくれた。うさぎ小屋の飼育の話や、裏門の所に一本だけある桜の木の話。

一美は、時間がある時はその桜の木を観に行っていることなど、途切れ途切れではあったが、あまり気まずくならないような昔話を少しだけした。

一美は、昔のように目立たない地味な女子に思われることが、なんだか嫌だった。どうしてかわからないが、昔とは違う自分でいたかった。派手な女子に憧れていたから、テレビやビデオに出てくる、今風の女子の真似で会話した。与田君が住んでいる近くに大通りがあるのだろうか、長く続いた沈黙の空気に、車の走行の音が「何か喋ろよ」と言っているかのように聞こえた。

一時間ほど話しただろうか、受話器に押し潰された左の耳が痺れ、感覚がなかった。何と言って電話を切ったのか、「またね」と言ったのだろうか、「さよなら」と言ったのだろうか、まったく覚えていない。今時の女子になれたのか、与田君はどう感じたのか、私は普通に話せたのだろうか。

それっきり与田君から、電話がかかってくることはなかった。一度きりだった。一美の派手女子の真似に、引いてしまったのだろうか。不安は山ほど、胸に詰まっている。頭の良い与田君は、よほど退屈だったのだろう、と思うことにした。考えると悩みになってしまうから、わからないものは、わからないままでいようと思った。

忘れたあの日

雲が厚く、今にも雨が降りそうな、灰色の空。引っ越しのトラックが、時間通りにやってきた。一美は、少し広いペット可の部屋に移ることにした。飼い猫の部屋を確保しないと猫グッズが増えてしまい、どうしようもなくなってしまった。この間も、高い所まで上れるタワーを買ってしまった。一匹しかいないのに、親バカだ。猫も新しい住み家に戸惑っていたが、念入りに観察をしてから荷物が入っていたダンボール箱に丸くなった。

一美も家に慣れたころ、友人からの紹介で一人の男性とお付き合いすることになった。その男性は、背も高い、頭も良い、顔も濃くなく、薄くなく、丁度良い感じ。一美のストライクゾーンど真ん中。とてもやさしく行動力があって、何事にも共感できる人。

彼とは毎日のように会った。仕事が終わって彼が来たり、一美が彼の家に行ったりと、電車で移動した。一美は彼といる時も好きだが、一人の時間が大好きだ。昔からそうだが、休みがいつなのかも、なるべく人に教えたくない傾向があった。約束が苦手。何月何日、何時何処何処でと、約束の日が近づくにつれ、気が重くなり調子が悪くなってしまう。自分の時間が拘束されて、身動きが取れない。

彼とは、〝今、その時〟の行動で会っているから、とても付き合いやすい。

夏の太陽がギラギラし始めた季節に彼と出会い、それから半年が経った大晦日、一美は実家にも帰らず、彼と過ごした。鍋料理でお酒も少し飲んでいた。

一美が面白いテレビ番組を観て、笑い転げていた時、突然、

「好きになりすぎた。一緒に暮らさないか」

彼がぼそっと言った。

一美はビックリして、笑い顔が真顔になった。持っていた箸を、膝に抱えていたクッションの上に落とした。猫もキョトンとした顔をして、カーテンの裏に隠れた。

何が起きたのか、この半年間が早送りになり、冷静に理解した。

少し間を置いて、一美は「うん」と言った。顔を見られるのが、恥ずかしかった。

「私には、猫ちゃんも付いてくるよ」

カーテンの裏に隠れた猫を抱き、彼の横に座った。彼と一美は、空いた時間を使って部屋探しをした。通勤しやすいように駅近くを希望した。

お互いの家を引き払い、二月中旬、雨上がりの良く晴れた日曜日に引っ越しをした。2LDKで、一美の部屋からは蓮の池が見えた。その池にサギだろうか、かなり大きな鳥がいた。グレーの色をしていたので、名前を〝グレイ〟と名づけ、白い

鳥には〝ペリカン〟とつけた。

公園のベンチに男の人が座っている。後ろ姿で、学生服を着て、ぼやけているのにわかる。与田君がいるのだ。ベンチの前は池になっていて、オレンジ色の池をずっと眺めている。

また一瞬の夢を見た。

一美は、何年も与田君の夢を見ていなかった。心の内側の一番奥に仕舞ったはずの与田君が現れた。

久しぶりの与田君に、一美は新鮮な気持ちになり、忘れていたことを隠したくなった。でも、朝になれば前回と同じで、切ない、恋しい気持ちもなくなっていた。

彼と暮らして三年ほど経ち、楽しいワクワクの時期は一年ほどで終わり、平凡な変化のない日々が襲い掛かっていた。

彼は最近自分のやりたいことに集中していて、家を空けることが多くなった。働きながら資格を取るため、夜間の学校に通っている。

彼は今まで仕事が長続きしたことがなく、転職を何度も繰り返している。自分のやり方に従って欲しい気持ちが強く、周りを抑えつけてしまうような、その場を引っ掻き回して満足するような性格。それが共に暮らしてわかったこと。一美も時折、窮屈なことがあった。

今の仕事もいつまで行くのか、資格を取ったら辞めるのか、これから先、一美とはどうなるのか、聞きたいことは山ほどあるけれど、機嫌が悪くなるので聞かないことにする。前に一度聞いた時、ちょっとした言い争いになってしまったから怖い。

一美の仕事が忙しく、残業が続いた。彼は夜間学校の友人を家に呼んで、楽しく勉強会をしていた。一美は一言、「友人を連れて来る」と言って欲しかった。二人で住んでいるから、相手の許可も必要ではないかと思ったが、そんなこと彼には通用しない。

「めんどくさい」と言われたこともあった。自分の思い通りに生きているから、相手の気持ちなど、どうでもいい。

なんだか彼とは、広い川の向こうとこっちにいるようで、気持ちが同じではなくなっていた。

彼は資格試験に合格し、仕事を辞め、何やら準備を進めている。

一美は、思い切って二人のこれからを聞いてみた。思いもよらない言葉が返ってきた。

「もう、終わっているよ」

一美は頭の先から足の先まで、凍りついた。聞いてはいけないことを聞いてしまったから、彼はムカついたのだろう。とっさに出た言葉だった。あの時の言い争いで、彼の中では終わったことにしたらしい。

そんなこととは知らず、一美は彼の分まで家事をこなしていたから、イラッときた。

彼は「友達に戻りたい」とも言った。

「はー?」

一美は思わず口から出てしまった。元々友達ではなかった。

「それなら早く言ってよ、バカッ」

一美はそう言って、外に飛び出した。気が付くといつもの散歩コースを抜けて、普段車でしか行かない、遠く離れた野球場がある公園まで来ていた。足元を見ると、運動靴ではなく、かかとのないサンダルだった。

ついさっきの出来事を思い出すと、ため息が胸を揺らした。一発ぶっ飛ばしたい気分だったが、同棲とはまあこんなものかと自分に言い聞かせ、一ヶ月後、お互い新しい別々の場所に移った。五年間の彼との生活が終わって、一美はまた振り出しに戻った。

どんな季節も別れは悲しい。一美は猫ちゃんがいてくれたことに感謝している。しばらく恋愛はしないかな、難しいものだな。それなら片思いの方が、自由で楽だ。

与田君のことを、ふっと思い出して、急に落ち着いた気がした。

日々は過ぎて行くのに、一美はなかなか先に進めなかった。

別れた彼は頭が良い人だったから、学ぶことも多くて、一美の生活にプラスになっていた。だけど、意味がわからないが、別れてからも週に一度、食事に誘ってくる。一美も、ご馳走してもらえるから、好きなだけ飲み、好きなだけ食べた。彼からの、連絡を待っている自分がいた。足踏み状態のまま、彼のペースで進んだ。梅雨の時期に入り、会社の行き帰りに降る雨が一美の仕事着のスーツを濡らした。今年の雨は、一美の空っぽの心に溜まっていく。この悲しい雨の水は溢れるのだろうか。溢れる前に、なんとかしたいものだが、受け止める準備はできていない。別れてからも、ダラダラと会っていた一年間。終わった恋なのに、後の尾びれが長すぎた。次の人までの繋ぎだったのだろう。

彼からの連絡がなくなった。

一美は、猫を母に預け、一人東京旅行を楽しんでいた。

東京スカイツリーの展望デッキから観た地上は、ひとつひとつの辛さや悲しみがちっぽけで、考えたり、悩んだりすることが無駄のように、バカらしくなってしまう。

代わり映えのしない毎日に、けじめを付けたい。自分の中で、どこか線を引きたかった。

一美は、知らない土地で目的地を決める時、地図を見ながら人には聞かずに自分で見つける、とルールを決めている。

東京には何度も来たが、毎回楽しい。ドラマで見た場所に行ったり、大好きな芸能人の店に行ったり、好きなライブに行ったりと、一泊二日に予定をぎゅうぎゅうに詰め込んだ。

帰りの飛行機の中で、一美は与田君に会った。夢の中で。

機内で飲み物をもらい、持っていたクッキーをひとつ口に入れ、雑誌の文字が宙に舞い、うとうとした。一番気持ちがいい瞬間だった。やはり、学生服に花束で、顔はぼやけて見えない。久しぶりだった。

元気で暮らしているのなら良いけれど。あの時、突然電話をくれたように、一美を思い出してくれているのだろうか。なんだか急に会いたく、恋しくなった。何処に住んでいるのかもわからないのに。

明日から、また現実が始まる。

リンク

一美は、仕事と入院中の母親の病院通いに明け暮れていた。母は持病が悪化し、自分の足で動ける状態ではなかった。病院を転々とし、やっと受け入れてくれるところを探した。おまけに認知症で看護師さんと一美を悩ませた。

ある時、なんだか座高が高いなと思ったら、母はお手洗いからトイレットペーパーを取ってきて、中の芯を抜いて、ペタンコにして、車椅子の座布団の下に確保していた。それも一つではなく、五個から六個敷き詰めている。おしりがゴツゴツして、座り心地が悪かったろうに。何の意味があるのかわからないが、心の不安の穴を埋めているように思えた。

一美は、自宅で使ったトイレットペーパーの芯を集めて、母がベッドに上がったら、座布団の下からこっそり取り出し、芯なしのトイレットペーパーに差し込み、お手洗いに戻す作業を続けた。

母は、入れ歯の容器の水を床にバシャッと捨てたりもした。一美が、「何しようと？　ダメやろ、床に水を捨てたら」と怒っても、母は「いいと。いいと」と言って、ニコニコしている。その笑顔を見ると何も言えなくなった。

他にもいろいろあった。メロンパン事件やみかん事件、担当の看護師さんから「これから先のこと、話し合いましょう」とも言われた。母はよほど問題で、お荷物になっていたのだろう。

一番困ったのは、夜中に車椅子で徘徊すること。それを看護師さんから聞き、心の中が黒く塗り潰された。一美は、仕事の帰りに病院に寄り、母には申し訳ないが、眠り薬を一錠飲ませて帰るという日がしばらく続いた。

休みの日は、病院に母の洗濯物を取りに行き、コインランドリーで洗濯と乾燥をし、また病院に持って行く。丸一日潰れたが、今しかできないことなので、子供を世話している感覚で進んで行動した。

母の機嫌が良く調子が良い時は、車椅子に乗せ駐車場を散歩したり、一階にある喫茶店でお茶を飲んだりもした。

母は、冬の間一度も脱がなかった何枚も着ていた毛糸のセーターを、一枚、二枚と手放した。寒かった二月も過ぎ、三月に入ったころ、病院から夜中に電話が掛かって来た。母の容態が急変し、すぐに来てくれということだった。一美は驚くことはなかった。うすうす感じていたから。軽く服装を整え、車で病院に向かった。

シーンと薄暗い廊下は、非常口のライトで広く照らされていた。母は突き当たりの通い慣れた大部屋から、看護師詰所の入口の脇に移っていた。小さくなった母の体が、寝ているかのように見えた。

母はすでに息をしていなかった。看護師さんが、母を着替えさせ髪をとかしている横で、一美は、これで終わった、長かった病院生活も終わった、休日も病院に行かなくてもいいんだ、と冷めた気持ちでいた。

母は前々から、「私が死んでも、誰にも知らせんでいいけんね」と言っていたので、誰にも知らせず、通夜、葬儀を済ませ、一美は骨壺に入った骨を少し取り、母が着ていた寝巻きで作った巾着に入れた。部屋の窓際の棚に花柄の布を敷き、母の写真と骨の入った巾着を飾った。桜の香りがする線香に火をつけた。母に対して後悔はないと言いたいが、涙も出さない娘をあの世から見て、笑っているだろう。

母が亡くなって一年が経とうとしていた。押し入れの片付けをしていた時、昔母が編んでくれた水色の毛糸のマフラーが菓子の包み紙に包まれ、衣装ケースの底から出てきた。

もう何処を探しても母はいない。あの時、ああだった、こうだった、と思い返せば、過ごした年数が瞼に映った。一美は今ごろになって頬を濡らした。

一美は何となく華やいだ気持ちで物事が上手くいきそうな気がした。

今年は、いつまでも肌寒い。何年も行っていなかったが、久しぶりに母校の桜の様子を見に行くことにした。ランドセルを背負った子ども達は桜を見てくれているのだろうか。当時の一美が、そこに立って肩を並べて、一緒に見ているような思いにふけった。一美、四十八歳の春だった。

そういえば、随分と与田君の夢を見ていないことに気づいた。忘れていた訳ではないが、気にとめることもなくなっていた。

バスの窓から緑が映えた。町並みも昔とは変わり、小さく見えた。

バスを降り、よく通った文具店の二階建ての家は、ビルに建て替えられていた。団地の横の川にはフタが被せられ、歩道になっていた。郵便ポストの角を曲がれば、小学校がある。

一美のスカートが、風に踊った。手に持った薄手のコートを着て、スカートをかばった。

裏門に着いた。柱の横の小さな門には、カギはかかっていなかった。花壇にはチューリップとゼラニウムの花が咲き始めていた。入口から砂と砂利で、ザクッザクッと靴が鳴った。

うさぎ小屋の前に、先客がいる。後ろ姿で誰か立っている。スラリと背が高く、ベージュのコートを着ている。一美の靴の音で、ベージュのコートの人が振り向いた。

太陽がキラキラと星を作って、光がベージュのコートの人を包み込み、マンガの主人公のように、光線の輪の中で輝いている。

見覚えがある顔だったが、誰だったたか、知っている男の人の一生分の記憶を絞った。

懐かしいような、落ち着くような、何かわからない、暖かくてゆるい心地好い空気に包まれていて、柔らかい風が一美を桃色に染めた。

「坂出？」

ベージュのコートの人が、目を細めて言った。一美の名前を呼んだから驚いた。

うさぎ小屋の前から、ザクッザクッと一美の方に歩いてくる。一美は、はっとした。

与田君かもしれない。このベージュのコートの人は、与田君かもしれない。

与田君であってほしいと、一美は自分の両手を胸の前で合わせて握った。

「坂出……だよね。何十年ぶりだろうね、会うの」

ベージュのコートの人が言った。

一美は確信した。どうしてここにいるのかわからない。昔一度だけ電話で話した時、うさぎ小屋と桜の木の話をしていたのを思い出していた。子どものころの感情は、忘れないものだな。一美は、過去に戻った感覚になっていた。

今は大人になって歳も取り、あの時とはまたちがった見方で、この場所にいる。

与田君の感情も、あの時のままで心の奥に残っているにちがいない。お互い目をそらすことができないで、与田君の想いも同じだと思い込んだ。そう願って、わかり合えた気になり、一人〝感動のヒロイン〟に酔った。

一美は両手を胸の前で合わせたまま、口だけ開いて、声が出なかった。

風が温かい気持ちを運んできたかのように、与田君のベージュのコートの裾をめくった。与田君はポケットに手を入れ、

「うさぎ小屋は残っているけど、うさぎはいないんだね。寂しいね」

そして、

「学校の帰りに坂出が、桜を見に来ていたこと知っていたよ」

与田君はそう言って、一美の肩に軽く触れた。一美は我に返って、華やいだ、上手くいきそうな気がしたのは、このことかと笑顔が春風に舞った。

思い返せば、与田君と離れて月日は経ったが、一美は毎年四月の与田君の誕生日

に、自分の手帳にピンクの色鉛筆でハートの印を付け、「おめでとう」と言葉を書き入れていた。

与田君も、小学五年、六年、中学一年の三年間を、一美と同じクラスだったことを忘れてはいなかった。

一美が与田君をいつも見て、目で追っていたことも知っていた。

引っ越す時は急だったから、何と話せば良いか、与田君も考えたらしい。結局話すこともできなかったと。

裏門の桜の花が、白く明るく周りを映した。

切り株が一メートル間隔で埋め込まれている椅子に座り、話した。うさぎ小屋と桜の木のことを忘れないで、この場所に来てくれたことに、一美は、

「ありがとう」

と、初めて電話ではなく直接話せた。うれしくて、顔が赤く染まる恥ずかしさを、もう一人の一美が笑った。

与田君の顔が、霧でぼやけていない。与田君の顔が、あの三年間の時のように、

はっきりとわかる。込み上げてくるものを感じ、一美は目が潤んだ。もう夢ではない。

（おわり）

あとがき

ここまで読んでもらえたこと、ありがとうございます。

前々から、体の何処かに秘めていた想いを秘密ノートに書き込んでいました。書いては止め、書いては止め、気が付くと、この歳になっていました。

でもなぜ、今なのか。

今この時期に本を出す大胆な行動を起こしたのかと言うと、一人のアーティストを知り、とても前向きな生き方や歌詞に勇気をもらったからです。その内容は、近いうちに文字にしたいと思います。

今回の物語の主人公、坂出一美は、誰にも言わない小さな想いが、いつしか色の付いたものとなり、それでも外に飛び出させることもなく、体の何処かに隠されて、事情が変化するたびに現れては消えていく。道に迷いながら、そのことにも気づかないまま、狭くて暗い道をぐるぐる回っている……。

そんな長い時間を超えて、後ろから背中を突《つっ》き気づかせてくれたもう一人の自分。

時折、感情も邪魔になるけれど、はみだした想いを受け入れ、大人になっていく。
この物語を、どのように感じてもらえるのだろうか。坂出一美に、もっともっと幸せな人生を歩ませたい。そう願いながら、次に繋がる文字を書き進めたいと思います。

もう一度言わせてください。
読んでもらえたこと、本当に、ありがとうございます。

のぼりぐち　ケイ

著者プロフィール

のぼりぐち　ケイ （のぼりぐち　けい）

1963年、福岡県生まれ。

会社勤めをしながら、毎日の少ない自分時間や、休日の自由時間を使って、物語を作り上げ、書いています。この作品が私のデビュー作です。

音楽好きです。好きな歌手の曲をピアノで弾きたいため、教室に通い、発表会に出てみたりしていました。今は、ピアノではなく弦楽器のウクレレのレッスンに通っています。

知らなかった新しい分野の知識を得ることは、違う自分を見つけられ、新鮮でワクワクします。

本気の本気で、初恋です

2024年４月15日　初版第１刷発行

著　者　のぼりぐち　ケイ
発行者　瓜谷　綱延
発行所　株式会社文芸社
〒160-0022　東京都新宿区新宿１－10－１
電話　03-5369-3060（代表）
03-5369-2299（販売）

印刷所　図書印刷株式会社

ISBN978-4-286-25270-4